갈참나무 숲에 깃든 열네 살

실천문학 시인선 044

갈참나무 숲에 깃든 열네 살

박재홍 시집

실천문학사

제1부

제2부

제3부

제4부

제1부

갈참나무 숲에 깃든 열네 살

비 오는 숲속 소로에는 갈참나무 무리 지어 섰었지 덮고 누운 낙엽 아래, 방공호에 숨어 마려운 똥을 내려놓았는데 굴참나무 무리가 어깨를 흔들어 숨겨 주었지

그 후로 40년이 흘러 거름이 된 시심(詩心)은 모자 쓴 상수리와 도토리처럼 깊은 그늘 속으로 숨었지 반추한 기억 속 손에 신발을 끼고 기어 다니는

친구도 없는 열네 살 장애인 박재홍

눈물

흙마루에 흙이 몽글게 떡살 우에 콩가루처럼 말릴 때, 소낙비는 장대비가 될 줄 알았지 늦은 밤 혹은 신 새벽 스님이 입적할 때처럼 새소리 자즈러질 즈음 화두잽이 하는 것은 상좌도 아닌 배롱나무 동자승 참 부지런하기도 하지,

말해야 뭐해? 슬픔의 발원지는 인연의 업장, 법당 안 부처님 일천 배에 흠씬 젖어제 몸 젖는 줄 모르고 서 있는 대웅전 앞마당 배롱나무 동자승

비갠 하늘에 달뜨면 동자승 코끝을 스치는 향에 눈물 한 방울 발등에 떨어지던데?

뭐지?

메딩이*

비교적 큰 덩치의 등걸을 잘라오는데 추석 전이거나 설전 이거나 낡은 떡메처럼 거슬리는 일상의 시름을 잊고자 몇 해 마음속에 기루던 나무 한 그루 보아 두고 기어이 그해 박달나무를 베고 오는 중에 아버지,

얼마나 무서웠을까잉. 동티날까 봐 떡 먹을 식구에게 해될까 봐 얼마나 숨차게 산에서 내려왔을까 우리 아버지는,

해묵은 두꺼운 허물을 벗기고, 물은 아마 서너 바가지 끼얹고, 예쁜 속살을 내어놓을 때쯤

끌을 가져와 구멍을 만들고 2/3 즈음 몸통에 자루를 끼우는 데 벌써부터 고두밥 익는 냄새가 마당에 흥건했네

'조심하소'하고 내려치는 절구통 속 떡살에 엄니는 찬물에 손을 적셔 떡살을 매만지고 '머리 조심하소'하며 내리치는 떡

---

* 떡메를 이르는 전라도 방언

메질에 '살살하시오'하는 추임새에 아버지는 속옷 적는 줄도 모르고 숨은 산 능선을 다시 오르고 내릴 즈음에 초저녁 별이 돋아나고,

우리는 삼삼오오 둘러앉아 넓게 펼친 떡판 위로 콩가루를 흠씬 뿌리고 차례를 위해 떡판 우에 귀퉁이 조금 내어주어도 서운치 않고 웃었지

별

무디어진 꿈들이 별이 되어 숨은 갈참나무 숲을 향하여 가던 길에 아직 여린 별 부스러기 같은이슬을 만났습니다. 노동에 지친 어머니 얼굴처럼 쪼그라지거나, 말 없는 아버지 얼굴처럼 부풀려지거나 할아버지 할머니 풍장 치르고 거둔 뼈처럼 하얗게 탈색된 영혼 한 줌이 쓸쓸하게 도드라진 이파리 사이, 죽어 별이 된 영혼들은 갈참나무 숲 그늘 속으로 몸을 숨겼습니다

그다지 쉽지 않은 시

일본 수상 아베는 지 아베를 닮아 아직도 식민지 시대의 꿈에 젖어, 그 시절에 살아남은 자들과 떠난 자들의 영혼을 고통스럽게 하고 업장에 두려워 나오지도 못하는지 아베 졸개들에게까지 부화뇌동하게 하는, 상담이 필요한 사람이 되었습니다.

龍井(용정)*

가난이 대물림된 이 땅의 아버지는 불을 밝혀 조상을 섬겼습니다. 아버지의 '섬김' 속에는 어머니의 노동이 공경의 발원지가 되어 비로소 온전한 초 한 대를 밝히게 되었습니다.

용두레** 우물 한 바가지에 독립을 향한 이들은 가슴의 길을 만들었습니다

---

* 용정: 중국 지린성 옌변조선족자치주에 있는 도시 이름

** 윤태영이 작사 작곡한 '선구자'에는 '용두레 우물가에 밤새 소리 들릴 때, 뜻 깊은 용문교에 달빛 고이 비친다'는 내용이 있다.

풍장

두꺼운 코르크가 발달하여 9월이면 절정이지요. 예로부터 비가 들지 않고 보온성이 좋아 지붕을 엮는 데는 굴참나무 껍질을 최고로 쳤습니다. 허기진 사람들이 허공을 덮어 추울까 봐 서로 알아보는 인연을 내어놓아 아무렇게 지어도 숲이 내어 준 숨은 선물이었습니다.

세상 험해진 오늘날은 산오름 속에 숨어 살거나 산 그늘이 된 갈참나무 숲, 숨어 사는 이유가 되었습니다.

굴참나무 애사(哀史)

관악구 신림동에 살고 있는 굴참나무는 강감찬 장군이 꽂은 나무가 자라서 지금껏 살고 있고요 경북 안동 임동면에는 소쩍새는 봄마다 나무에 깃들어 풍년 들도록 울어요.

그뿐인가요 울진군 근남면 수산리에 있는 굴참나무는 옛날 전장에서 왕을 숨겨 주었고요 그 앞을 흐르는 강 이름이 왕피천(王避川)이라고 부르지요.

누구도 들어주지 않던 이야기들은 비가 부슬부슬 오는 날이거나 어린 임금의 무덤가에서 신하들의 약속이 허리를 펴지 못하고 있을 무렵이면 무성한 신산(辛酸)의 애사들이 숲을 이루고

손에 신발을 끼고 기어 다니던 장애인 박재홍은 황홀한 근육질의 굴참나무가 되거나 마을을 지키는 한 그루 당산나무 같은 이가 되고 싶었습니다.

독립운동 무리

어느 민족이든 흩어져 독립이 목적이 되어 살 때는 참나무의 속성과도 같다고 생각을 했습니다. 이름이야 도토리나 상수리로 불리거나 뜻을 같이할 때 다들 '참나무 무리'로 불리워진 것처럼 우리의 독립군은 이름 없이 숲을 이루고 살았습니다. 마을마다 산비탈에 굴참나무 숲에 깃든 별처럼 세상을 떠돌며 '독립운동 무리'가 된 것이지요.

지금 불러 보면 낯선 이유도 그늘만 밟고 다녀서 그런지도 모릅니다.

이야기가 있는 갈참나무

노을이 익어 바람 속에서는 술 향기 가득하였습니다. 터 잡은 굴참나무 몸에서는 힘 좋은 땅과 습기 많은 계곡을 품은 허공을 흔들어 일으켜 세운 바람으로 내 허기를 자극하고 있었습니다.

고대 유적에서 출토된 움막의 기둥이거나 해인사 대장경판 전과 기둥으로 쓰인 것을 비롯해 꿈만은 상인들이 건너다 잠긴 완도 앞바다 혹은 신안에서 발견된 선박 운반선 외판 이거나 가야나 낙랑의 고분 관재(棺材)에 이르기까지 쓰이던 그의 몸은, 삼국사기, 고려사, 조선왕조실록을 살피면 열매는 구황식물로 사람의 허기를 메우는 '숨'이었다라고 이르고 있습니다.

가뭄이 깊으면 열매가 많고 비가 많이 오면 풍년이 드니 상생과 조화로운 자연의

德이지요.

직지사 마당의 돌부처

'스님, 기침하셨습니까?' 하자, '기침은 무슨 잠이 깬 게지' 하며 휘돌던 바람이 멈칫거릴 때 늙은 벚꽃 할아버지 등에서는 비늘이 우수수 떨어지자 설핏설핏 황홀한 우주가 보입디다.

'거기 좀 긁어 주소'하고 허리춤에서부터 올라가는 하루의 빛이 제 그림자에 놀라 이른 낮달을 토하는데 지 설움에 겨운 봄 강 밑에는 물고기 두엇 허공에 몸을 튕기며 다시 자맥질

떠난 이들보다 마중할 이들을 기다리는 처처에 봄이 스멀거리고, 적막한 살아온 날 수 만큼의 기억이 희미해져 갈 때 인생은 비 내리기 전 천둥 친다는데도 데면데면 그러고 산답디다.

철길에서 그리 멀지 않은 곳에 사는 해당화

호미곶 어디쯤에서 하얀 모시조개 들여다보이는 곳에서 파도가 당신의 얇은 발목에 찰랑거리는 노을의 결이 보고 싶었던 거지

말 없는 속삭임의 밀물이든지도 모르고 썰물처럼 사랑이 떠나간 줄 모르고 하염없이 하염없이 무릎 사이에 고개를 파묻고

소라를 가득 채운 바닷소리에 기다리는 마음이 사부작사부작 걸어오는데 당신의 웃음을 가득 품고 깨인 꿈이 아쉬워질 때쯤 철길 옆 일출을 보던 해당화가 여문 것을 알게 되었네

끄물끄물한 하늘

출근길에 추적이는 빗길, 부슬거리며 부서지는 것이 어머니를 배웅하던 날 같아서, 온종일 마음을 정갈하게 가다듬고자 노력했었네.

2019. 5.18.

까무룩 숨 너머 가요
기가 차서
하도 기가 차서
그날만 생각하면
자다가도 깜짝 놀라 일어나는
새벽 미명에 하염없이
걸으며 분을 삭이던
금남로

잊으라는 말이 용서가 안 되는
새 시대를 준비하라는 말에
아직도 침침한 어둠 속에서
매만져지지 않는 따듯한
식지 않은 손

종일 기절했다 깨어났다 하는 비가 오고
꽃도 무참한 하루 차라리

잠든 바다가 뒤집히듯이 잠든
바다처럼 잠잠하였으면
귀도 열리고 코도 뚫리고
가슴도 트일 텐데
너무하네들

This is handicap

그분의 눈길 위에 나의 삶은 머물러 있었습니다. 장애를 가지고 산다는 것은 자신을 이기고 나서야 비로소 세상과의 화해를 배워야 합니다.

노여움과 분노 좌절을 등에 짊어지고 들어오는 날이면 하염없이 부둥켜 안고 토닥이며 한숨으로 내 등위의 화를 내려 주시던 침묵 속에서 잠이 들곤 했습니다

어느덧 나는 그분이 내 등을 쓸던 나이가 되었고, 그 아이를 그분처럼 품고 쓸어야 하는데 장애는 그 아이를 훌쩍 키워 놓고 있습니다.

장애는 그 후로도 하염없는 미안함을 품게 되었고 내리사랑이 되고 있습니다.

제2부

어은동(漁隱洞)

걸어온 길이 짧은 몽자류 소설 같은데 귀밑에는 서리가 내리고, 어느덧 혈연은 한달음에 떠나버리고 모로 누워 밑동 없이 살려고 하니, 그 또한 짧은 노래 한 소절만큼 찰나니 살아온 날이 바람 같다.

살아서 한치도 스스로 움직여 이룬 것이 없으니 천시(天時)에 기대인 제갈량의 설움을 알겠다. 뿐이랴 복장이 터진 방통의 심정도 알것다.

다들, 이러구 봄은 간다고들 하겠다.

매미 허물

누구의 허물인지는 몰라도 나무 아래 형체는 매미인데 육신은 온 데 없고 간데없으니 업장이 깊다는 것은 알겠다

풀섶에 우는 것들은 다 이유가 있듯이 살아서 노동으로 오늘을 견디는 자들에게는 속으로만 돌돌돌 거리며 흐르는 물여울 소리로 우는 것임을 알겠고,

스스로 되묻고 인정하는 사이에 무리 지어 숲을 이루고 숨처럼 붙어 있는 살가움이 숲 그늘처럼 흔들리고 그제야 귀한 것이 이웃임을 알게 되었다

행불무득(行不無得)

봄날 문턱을 넘는 햇살 같은 웃음이다. 사실 시절이 춘궁기를 지나야 그 웃음이 비로소 만나는 것을 한여름 불볕더위를 지나 가을 초입에서 행불무득을 만났다

이치가 행함이 없는 것은 얻는 것이 없고 하늘은 스스로 노력해야 가호가 임하듯이 노동으로 그득하게 쌓인 그의 발등에 저녁 어스름이 행불무득의 근기가 임하기를 바라는 마음이 간절하다.

상사화, 꽃말은 이룰 수 없는 사랑

무릇 살며시 물 위의 결처럼 바람에 기대어 흔들리는 모습을 볼 때마다 사랑하다 죽어버린 새의 혼령을 보았다

멍든 사랑의 화인을 가진 저마다 이 꽃을 지나치지 못하고 속으로만 떠오르는 멍울진 기억이 환하게 살아오는데 선뜻 이름이 떠오르지 않아 왈칵 눈물부터 얼굴 위로 보슬비처럼 흐르는데

논배미 너머 산모롱이를 도는 가뭇한 거리는 사람의 등만이 새의 깃에 묻힌 울음처럼 쿨렁거린다.

하루의 민낯

뜨거운 들깨 수제비 국물에 눈이 밝아 옵니다 삼복에 담금질하듯이 견디게 하는 것은 눈길을 나누는 것이지요. 식당 남도항아리를 뒤로 하고 도착한 서구청 로비에서 다담(茶談)을 나누었습니다.

지금, 하루의 반이 지나가지만 하늘의 별처럼 귀한 사람들이 있다는 것은 길가에 낮은 들꽃들의 민낯과도 같아서 살포시 다가오는 순간 상처가 될 수 있어서 부정 탈까 봐 속으로만 삼키게 됩니다

횡단보도 앞 소묘

뜨거운 여름 햇살을 견디며 소슬하게 건너오는 바람을 모른 척했습니다. 모두들 그늘을 찾아 비켜선 건널목 앞 잠자리 두엇도 앉을 곳을 찾지만, 노동에 지친 자들이 앉을 곳은 없습니다

견디는 일상처럼 사람들은 다가서는 하루의 무게를 비켜서며 기댈 곳을 찾지만, 어디에도 없습니다

그래서 날마다 먼 바다에 풍랑이 일고 시꺼먼 바다가 뒤집히지 않고서는 만선이 요원한 것이라고 믿는 어부처럼 하루를 사는 이들은 스스로를 제 속의 바닥을 뒤집어야 발원의 답을 이룰 수 있다는 것을 알게 됩니다.

옥수수

찰리 채플린의 모던 타임즈의 작품이었나? 전동 드릴에 끼운 옥수수를 먹던 것이 대공황의 상징적인 기록물이 되었을 즈음 나는 허공이었지

마당에 들어서던 어머니의 머리 위에 쌀 보따리가 없으면 그날 밥은 보리가 2/3였고, 불린 옥수수가 돌처럼 단단해 하루의 고단함이 풀리는 것처럼 누구를 향한 노여움인지 모르게 속으로만 삼키며 풀릴 때까지 기다리던 시절

쉰 보리밥을 차가운 물로 헹궈서 먹던 한나절의 한 숟가락에 밴댕이 젓갈이 오르고 다진 매운 풋고추에 눈물이 핑 돌고 그마저도 없을 때는 풋고추 상추에 강된장을 발라 쌈으로 먹거나 고추에 된장을 찍어 먹으면 눈물과 땀이 몸 밖으로 화기와 함께 나설 즈음

택배로 보내 찾아온 강원도 춘천에 사는 신동진 선생님이 농사지은 옥수수에 매달린 유년의 기억이 입안을 맴돌고 회한이 가득한 눈길에 물안개만큼 짙네, 그러네.

황병승 시인 부고를 접하는 입장

가창오리 떼가 BTX처럼 합창을 부르며 기류를 타고 떠나던 날이었나 보다 아닌가? 그다음 날인가?

시인 황병승이 소천했다는 온라인 기사에 '아'하고 탄식하는 순간 '그랬지'하고 숨을 내려놓는다.

그의 시는 기류를 등지고 선 그늘진 사람들에게는 '이웃'으로 위로가 되었다. 소주가 첫 잔을 따를 때 '쪼르륵' 맑은 소리를 내듯이 그의 소천은 그의 근황을 모르던 세상이 깨어나 그의 시를 뒤적거리고 있었다

좀 더 나은 변명을 위해 시구를 핥으며 소갈병에 걸린 혓바닥처럼 갈라지고 있었다.

빙충맞은 마음 깃

폭염에 달구어진 조약돌처럼 젖다 마르는 것이 오가는 인생이지만 길가 밟혀 쓰러진 망초대 처럼 억센 것이 순간 무너지는 감정은 나였습니다. 길가에 낯익은 초로의 행인을 따라가 끙끙거리며 군둥내* 나던 소천한 늙은 엄니의 모습을 찾고, 운전하다 말고 폭풍을 만난 것처럼 울음이 터져 수습이 안 되고 그렇게 싫어서 등진 고향을 철마다 건어물 전과 젓갈만 봐도 온몸에 땀을 쏟으며 젓가락질을 놓치는 아아 빙충맞은 하루의 '낯설음'이 누구에게 말을 해야 알아들을까? 곧 장마진다는데 속은 타들어 간다는데 그렇게 찬바람이 분다는데.

---

* 군내의 전남 방언이다

별 무덤

소주는 열두 병, 맥주는 20병이 주량이라는 한수는 "너희들 술에 약 탔나비여 별로 많지도 않은 술에 취하네" 라는데 15층 창밖에는 "찹쌀알떡" 하며 후렴구 소리가 들리고 시계는 새로 한 시를 가리킨다.

"학교생활을 동창회에서도 입도 뻥긋하지 않는데 이 밤에 오지 않아야 할 이 시간에 와서 첫사랑이랍시고 얘기하는데 나도 뭐 하는지 모르겄다" 하며 실실 웃는데, 손은 황족에서 시킨 '족발'의 양이 적다고 두런거리며 급하게 젓가락이 다가서고

별이지는 곳에 있는 무덤을 찾는 코끼리처럼 눈길에 깊은 회한이 유년을 더듬으며 잔술처럼 타올랐다.

우어(偶語)가 되어

한 바가지 끼얹는 비속에 가끔 묻소? 어디까지 견뎌야 하냐고, 길섶에 떨어진 한숨을 다시 줍는데 계룡산 능선을 타는 노을이 새 깃에 걸려 넘어질 듯 휘청거리면

얼비치는 금강에 물길을 거슬러 오르는 우어*의 눈이 되어 까무룩 저녁 어스름으로 숨는 하루는 새벽이면 목어(木魚)가 되어 산에서 내려오겠지?

* 웅어의 호남 방언이다. 한자는 위어(葦魚)이다

물의 지문

아침부터 내린 비가 잠든 물의 지문을 일으켜 세워 선명해 질 무렵이면 결이 되겠지?

건너 계룡산 삼불봉 인근의 배롱나무 선연하고 젖어 처연한 수국도 그러하니 나의 사랑도 어느 길 모롱이에 하염없이 서서 기다리는 것이 볼 만 하겠다.

지친 노동의 하루가 스스로 강 밑을 훑고 모로 누운 와불처럼 땅에 발치 끝에 맞닿아 나리꽃을 틔우는 오늘이라면 더욱더 좋겠다.

어버이날 소포

'하이고 고구마 순 좀 벗기자' 엄마가 소쿠리를 마루로 가져옵니다. '싫은데' 하고 통명스럽게 말하자 '네가 잘 먹잖냐' 눈길이 자꾸 은옥이네 집 평상으로 향하자 엄마는 '은옥이나 규택이가 학교서 만든 카네이션 부러워 말어'

속이 들켜 한참을 아랫집 은옥이네를 바라보고 있는데 쑥쓰러워 하며 주거니 받거니 하는 웃음꽃이 피는 것이 나를 눈부시게 했고, 얼마즈음 까무룩 잠들었다 일어나 보니 소포가 와 있었다

서울서 보낸 누이의 선물이 엄마 아버지 나 이렇게 잔뜩 보내는데 들으라는 듯 엄마의 목청소리는 커지고 있었다 '돈도 없는데 뭐 할라고 이런 것들을 보내고 지 쓸 것도 부족할 껄'하고 있는데

자꾸 규택이네 엄마와 은옥이네 평상과 등 돌린 얼굴도 보고 왠지 모르는 우쭐대는 마음이 보여서 언능 방안으로 나는 들어가 있었다.

풍장2

비는 내리는데 감꽃 지는 소리에 나무를 감싸고 있는 이끼가 진해졌다. 며칠을 실랑이를 한 단편 소설 작품을 마감했다.

아버지의 소천이 멍든 기억의 밑동을 드러내었다.

애벌레 모양의 빈 껍질에 폴짝 계단을 오르는 나비 한 마리 하얀 치맛단처럼 펼쳐지는 소맷귀가 허공을 열었고 작품을 쓰는 내내 대신 속죄 물과 속죄양 사이를 오가며 몸속의 물이란 물은 다 쥐어짜고 있었다

꿈속에서도 풍장을 치르는 뼈마디처럼 하얗게 표백되고 있었다.

전동 휠체어

구르는 바퀴는 다 울음을 참고 있나 보다 햇살과 바람이 교차하여 생긴 그림자 속에서 내가 참고 있는 울음을 보았다

하얗게 질린 화단에 물기가 보이고 조금은 헛헛한 웃음처럼 가벼운 그늘에 타들어 가던 길섶들의 얼굴이 조금 나아 보인다

기우(杞憂)처럼 비끼는 하루가 봄에서 여름으로 잇는 한숨처럼 풀썩거린다.

제3부

흘깃

차 출발하기 전 '흘깃' 마중했을 것이다. 연극 『고려 극장 홍영감』을 보고 나오는데 요즘 틈만 나면 듣는 노래 소리도 잊고 화두(話頭)처럼 봄 상투를 잡고, 한식에 산소도 찾지 못하는 마음만이 허공에 머물러 있었던 모양이다.

처마에 깃드는 것은 마음이 먼저지 새가 아니다. 아직 이른 해 질 녘에 먹먹한 가슴을 바람이 쓸어내린다.

팥빙수

그때는 팥빙수 하나 놓고 드실 때마다 왜 그리 인상을 쓰시는지 몰랐습니다. 좋아도 찌푸리고 싫어도 찌푸리는 얼굴이라고 생각했지요.

더운 사무실 들어가기 전 포장한 팥빙수를 생각 없이 사서 들고 와 나누어 먹는데 와락목젖을 타고 넘는 울혈(鬱血)에 숨길이 잠기도록 아팠습니다.

시려서 저절로 찌푸려지는 것과 목젖을 타고 넘는 중에 나이가 그때임을 알려주었습니다. 나도 모르게 '아이고 우리 엄마 시렸겠네'하고 눈을 비비적거리고 말았습니다.

지천명이 되어서야 새록새록 더듬고 아프도록 눈을 비비며 눈물을 삼켰습니다.

금강

문드러지는 마음이야 하루 열두 번도 더하지요 해찰하는 순간 벼랑 끝 인생이라면 모진 것들은 검불처럼 사라지는 것이 아득한 황톳길 어머니 보내고 아버지 배웅하고 둘 곳 없는 마음이 허공에 자맥질을 하는데 하루는 하루는 진물나는 하루는 꿈처럼 물 흐르듯이 흘러 금강 위에 누운 노을처럼 황금빛 조락한 찰라가 되고 싶소

애그니스

1981.09.01. B급 태풍. 커다란 소용돌이 공기주머니가 제주도와 남해안 일대를 지나가고 있을 무렵 벌교중학교는 단축 수업을 했었습니다.

자전거 뒤에 올라타 목발을 한 손에 걸었고, 우산을 드는 사이 우산보다 멀리 날아간 나는 까무룩 잠이 들었습니다.

장대비가 내리는 하늘을 바라보며 눈을 뜨는데 공중에 우비로 반쯤 가려 보이는 아버지는 자신의 잘못이라고 울고 있었습니다

자신을 향해 화를 내며 세워 놓은 자전거 위로 아들을 앉히고 우산을 버리고 가방을 앞에 걸고 휘적거리며 화살처럼 집을 향해 유영하고 있었습니다

누군가의 눈물점이 되어 산다는 것은 커다란 소용돌이 공기주머니를 가지고 B급 태풍이 되어 반경 500km를 질주하

며 망가뜨리는 분노라고 규정지었습니다.

그날은 그랬습니다.

장도 앞 포구

사라 나무에 기대어 싯다르타처럼 우는 스스로를 발견하였습니다. 발치 끝에 지친 해가 그늘이 되어 흔들리고 있었고, 긴 비에 젖을 어머니의 묘비에 묵은 허물이 벗겨질 것이라 생각되어 목발이 흔들리도록 힘을 주어 잡았습니다

고향은 천둥처럼 울고 내리치는 번갯불에 나무가 타들어가며 쓰러질 무렵이면 경계에선 오늘은 입술을 깨물고 처연하게 나를 바라보고 있을 것입니다

포구에서 몸을 드리운 산이 되어서 밤새 비를 맞으며 서서 견디는 하루.

에라이 ? 야

새벽에 빗속에서 환하게 웃던 아버지 앞니 하나 없으시니, 마흔 무렵인가 봅니다 텃밭에 호박모종 셋 심었다며 환하게 웃습니다. 작년 품종이 좋으니 올해도 좋을 것이라고 그러시는 것이지요

쉰을 넘긴 해에 작년에 심은 모종이 올해에도 좋으면 좋겠는데 경우 없는 일이 많습니다. 나잇값 못하는 몇 분이 못된 입과 손을 놀린 탓이지요.

선거 날이면 고랑 싸움 싫어서 한 해의 반을 두문불출 속을 앓았습니다 희한한 것은 가는 곳 마다 나타나 웃는데 배려하는 것인지 놀리는 것인지 모를 속이 보여 호박에 똥 푸면 타들어 가 죽는지라 비오는 날만 합수*를 푸던 아버지가 생각났습니다.

---

* 이 말은 거름으로 사용하기 위해서 모아놓은 인분 즉 오줌과 변을 일컫는 전라도 지방의 방언이다

오늘 나 대신 누가 똥이라도 펐으면 합니다. 못된 정치인 집 앞에 비 오는 날.

권주

풋고추 두엇, 멸치젓 꺼내 채를 썰어 얹고 돌아서니 전작을 한 당신의 얼굴에 남도의 노을이 드리웠고요. 꿈처럼 지나간 시절이 덧없어 빨랫줄에 앉은 잠자리처럼 쿨렁거리는데. 또, 한잔 묵묵히 받는 술이 강물의 결이 되어 내게로 오는데 마을 어귀에 비 뿌리는 소리가 여기까지 들리는 것을 보면 귀밝이술이었나 봅니다.

산행1

속으로부터 오래도록 산 울음이 되어 만장의 벼랑을 딛고 내려서는 고요함이 좋아 산을 탄다

실금마다 깊게 배인 천륜의 자국처럼 날마다 외줄의 현에 몸을 태우는 광대처럼 산을 오를 때마다 오늘을 놓고 싶은 마음이 넘실거리며 바람을 지친다

'살기 싫으냐?' '살기 싫은 놈 이따요 시상이 고달파서 안 해요' '뭔들 고달프지 않은 것이 있더냐' '날마다 놓고 싶은 마음이 굴뚝이지만 새끼 놔두고 밟혀서 안 그러요' '비 온다 일찍 내려가라' '또 봅시다' '그려 아무 때나 옴세'하고 돌아서는 아들에게

몇 발짝 딛기도 전에 산그늘에 숨어서 배시시 허리를 드러낸 칡꽃이 배꼽을 잡고 웃는다.

산행 2

봉분을 밟듯이 산을 밟는 마음이 둘 데가 없다

오르지 못해 눈길에 머문 산마루, 얼굴을 어루 만지듯 훑는
눈길 속에 나지막하게 뛰는 온기가 느껴진다

빗살무늬로 내리는 빗길에 뜨거운 염통의 김이 서려 더
'몽환적'이다

산행3

스님, 어디까지 간대요? 대뜸 묻는 소리에 '가봐야 알지, 어딘지 알 수 있간디' 하고 허리춤을 곧추세우고, 두리뭉실 뭉개는 소리에 하늘 한편에 천둥이 운다

그때마다 속리산 앞 허름한 식당에서는 도라지 무침과 나물 두엇에 묵무침을 놓고 하루종일 앉아 술추렴이 벌어졌다.

'스님, 술마다 이유가 있다는데 그것이 뭐다요' 하는데 귀찮았던지 '술맛 떨어진다. 저기 산에서 도라지 캐 오거든 가르쳐 주마'하자 얼마 안 되어

동자승이 식당을 나서는데 산도라지가 좌판에 널려 있다 한참을 앉아 망설이는데 답이 없다 웅기적 거리며 일어나더니 포도씨처럼 뱉는 말이

'산을 올라야 하나 부다'

산행4

비탈진 산을 오르는 그의 손에는 낫이 들려 있었다 길을 막는 것들에 대한 단죄보다는 흘러내리는 물길을 거슬러 오르는 내리사랑에 대한 연어의 목적성과 같았다.

꿈길 속을 더듬는 날이면 아비는 '누군가의 형편을 살필 줄 아는 사람만이 비탈진 산을 타며 뒷걸음치지 않는다'고 가르쳐 주었다.

산행5

물때를 맞춰 돌아가는 것은 새들의 귀소 본능과 같다. 숨은 무소의 뿔 같기도 하고 세상을 좀더 온전하게 배우는 값을 치르는 것 피돌기가 돌 때마다 풍어를 꿈꾸고 물의 흐름에 깊숙하게 침잠해 들어간다. 다음날을 기다리는 자세는 산을 오르는 방법도 동일하다.

시인의 막다른 골목

칠성판 위에 누워 계시던 아버지의 영혼에서 물길이 내 몸에 들어섰습니다. 그 후로 빈들에 설 곳 없는 허망함에 더 깊이 침잠되어 밤마다 큰물이 들었고, 젖은 꿈의 몸에서 썰물이 되어 흘러나갔습니다.

꿈길에 통증을 호소하는 숨결이 잦아들며 나의 목마름은 긴 사막을 건너는 해갈되지 않은 낙타의 등처럼 솟아오르며 남은 오아시스 물 자국만 남습니다.

고단한 하루

지나던 길에 누각을 오르지 못하고 첫 계단에서 만난 청매화
보슬거리며 내리는 비를 피해 눈길을 주었더니 글쎄,
바람을 비끼며 건네는 향에 주눅이 들었네

천륜(天倫)의 겁이 지나고 인륜(人倫)의 겁이 싫어서 마냥 거리에 선 채 비 맞듯 살았는데, 장좌불와 5년, 모로 누워 3년

이제는 잇몸이 흔들리듯이 애벌레처럼 허물을 벗는데 하염없는데 저 노을을 향해 "마지막 사라질 때 황홀하게 나도 태워 줄라나?"라고 했다.

시장에 다리를 끌며 모호한 눈길로 걸어가던 포대 화상*의 등 뒤로 얹던 그 눈빛 어느덧 내가 닮아 가는데 미늘처럼 꽃비 잠깐 멈추자

'살고 싶다'

* 현재의 중국 저장성 닝보시에 실재했다는 전설적인 불승

마당을 쓸던 아버지

언제 지게에 매요? 베어 놓은 싸리나무 더미를 보며 묻습니다. 푸른 잎들이 순해지면 몸을 부리고 또 잘 묶어야 한철 쓰는 것이지 그러면 언제 뒤꼍이랑 마당을 쓸 것이요 시간 좀먹지 않으니 좀 참소 아따 성질은 함흥차사라 안 허요 이러다 선산 풀 자라 녹음 되겠소

서산 해 떨어지고 달 기울면 서러운 마음처럼 수구초심 아버지는 쓰러진 마음 한 쪽에 계시네.

제4부

탁발(托鉢)

나는 어머니가 쥐고 있는 발우 같았습니다

길지도 적지도 않은 탁발과 보살심은 벗겨진 옻칠처럼 가뭇한 기억 가신 이후로 아귀처럼 부풀어 오르는 허기가 바람인 것을 알게 되었습니다

비는 오는데 비 오는 전동리 대숲에서 그늘 속에 죽순처럼 자라는데 갈 길이 먼 우리네 인생길도 저무는데 나는 그 어디서 기다려야 하는가

탁발을 멈추고 녹슨 황혼이 벗겨진 바루 속으로 숨어 가는구나

백일홍 일수

꿈결에 더듬던 엄니 얼굴은 보성 덤벙이 달항아리에 비 떨어져 틔운 물꽃 같다 미나리를 다듬다 엉겨 붙은 거머리 같은 생을 떼어내고 저 중천을 넘어 긴 길을 걸어 머문 곳이 천국이라는데

마을을 떠난 나는 행려의 길을 걷는 홀씨처럼 공중에 몸을 부리며 흐르다 멎을 송광사 마당에 거하는 백일홍 앞에 서면 어떨까?

피아노 소나타

그가 말했다 보이지 않은 손이 혈 자리마다 누르며 피아노 소나타 한 곡을 완성 하나 보다 여름의 그늘 속 설치류처럼 기어 다니며 간혹 내리는 소나기를 걷으며 빛나는 햇살 한 소절이 노랫말이 되는데 나는 아직 그의 눈길 위에 길손이 되어 서 있다

내어놓음으로써 빛나는 하루가 감사하더이다

페이스북에서 영상 하나가 그러하다

아따, 빽하면 뭘 그리 용기 탓만 한대요 '내가 일자무식이라도 살아보면 담을 만큼 담는 것이다 사내는 그릇만큼 사는 것이여'

돌이켜 보면 품을 말한 것이었다 자신을 일구는 것이 바로 담기 위한 것이었다는 것을 이제야 가늠하게 되었다.

협잡은 옳지 않았다 그것은 남의 형편을 살펴서 도와주지는 못할망정 쪽박은 깨지 말랬다고 지금 대전에서는 그것이 문제인가 보다

하물며 정치가 그러하다면 참 나라다운 나라가 슬프다

늦은 밤 허공을 보는데

발자국 두엇 머물다 간 허공에 대고
보리밭 밟듯 걷는 두런거리는 귀에 익은 목소리

'아야 뭣하냐 낼 일할라믄 자야!'

밖에는 간혹 홀딱벗고새*의 반복되는
청음이 애절합디다

* 검은등뻐꾸기의 울음소리가 '홀딱벗고 홀딱벗고'라고 들린다 하여 부르는 세속어.

걷다 보면 오늘이 가르쳐 준 나

장도(獐島) 가는 둑방 길에 바다와 몸이 똬릴 틀고 있었다. 슬픔을 외면하기 위해 하염없이 걷다 보면 우물에서 드러내는 얼굴이 있다. 누구든 걷다 보면 외면하던 자신을 만난다

사람처럼 사는 것이 무엇인가? 라고 물으면 되물어 오는 질문은 늘 자신을 향한 밀물 같은 회한이 지쳐 들고, 소소한 마음이 얹어져 시간에 녹아나 썰물처럼 빠져나간 일상의 이야기들이 6월에 타들어 간 장미 같아서

달이 홍건한 지리산을 오르다 보면 나는 무엇이었던가를 알게 되었다. 천형처럼 스스로를 부둥켜 안고 밀물과 썰물이 되어 달이 차고 기우는 것처럼 일상적으로 슬펐던 신산한 오늘이

누군가의 위로가 되기를 바라고 있다

가끔 멈춰서는 페이스북 포스팅

쌓인 돌무더기 속에 민심의 근저에 원혼을 보았다 돌아보는 길이 나루터에 기다리는 혼령 불이 일고 잔잔한 금강에는 결이 일어 간혹 실족한 원혼들을 위한 씻김굿 하는 소리가 들린다

선거철마다 다잡아야 하는 게 민심, 요즈음은'식사하셨습니까'라는 인사가 사라지고, '올 때는 순서가 있어도 갈 때는 순서가 없어'라는 말이 횡횡한다.

'화무십일홍 권불십년' 타들어 가는 민심처럼 아파트 화단에 꽃들이 무더기로 고개를 꺾고 있었다

헝가리 부다페스트 다뉴브 강 위의 나비

바람 살짝 밀치는 아침, 물까치 목청이 이른 새벽 스님 목탁 소리처럼 맑습니다.

꿈결처럼 그리운 것은 남겨진 자들의 몫, 도라지꽃 맺힌 이슬에 젖을까 봐 깃을 치는 공중에 파동은 떠나간 자들이 보내오는 모스 부호 같습니다.

갑자기 내리는 비에 조급해지는 마음

빗방울 한 개 '툭' 하니 내려놓는데 앞 머리카락을 살짝 빗기며 휠체어 발판에 놓인 양발 사이로 떨어지자 마음이 급해집니다

바람도 제법 급하게 구르는 바퀴 소리만큼 거세어지고 조금 지나니 천둥소리도 먼 곳에서 다가서고 있습니다

마음이 서두르는 것이 작동되어 온종일 무거운 몸이 견디기 힘들었나 봅니다 사람이 그리워서 그랬는지도 모릅니다

'밥' 한술 뜬다는 것이 소낙비 지나는 길이어서 마당에 비설거지 하려고 달리는 아버지의 몸동작처럼 그 나이가 되었습니다.

삼불봉에 지나치는 새들도 안다

사뭇, 모시조개 문양처럼 시원한 모래톱에 게 발자국,
사람 사는 것이 그렇지요

열사의 한 가운데에 신기루가 보일 즈음
오아시스 앞에서
조심스러운 것처럼 해갈되지 않은 숨은 그림 속
그늘로 깃들다

간혹, 놓아두고 보는 텃밭에서 마주한 교훈처럼
사람마다 자기 지문을 가지고 사는데,

시간,
가끔 시야에 지쳐 드는 새들이 삼불봉을 직선으로 지나치고, 소의전(笑意展),
중구문화원 골목에서 첫 여름의 녹음에 깃든 새소리처럼 수런거린다.

지척에 둔 옛집

흥건한 베개닛 사이에 달마가 다녀갔다. 번뇌와 집착을 가르는 벼락같은 한 줄의 시가 다녀갔다. 깨어지지 않는 지혜가 곧 시, 세상의 모든 이치가 번뇌이자 구르는 륜(輪)과 같고,

마지막 노을이 까무룩 넘어가기 전에 천산 직벽을 향해 가르는 독수리의 부리를 다듬는 침묵,흥건한 노을 위로 마른 벼락이 임하는 눈(嫩)이 생길 때

나의 장애는 영혼을 담고 있는 불편한 그릇, 영혼이 떠날 때 내어놓은 빈 몸은 독수리에게 드리는 보시, 나의 사랑이 천장사(天葬師)*가 되어 하늘 장례 의식을 치루고 있을 것이다

검은 독수리 떼가 하늘을 덮는 날

---

* 티벳의 장례의식인 천장(天葬, 鳥葬, sky burial)을 주관하는 사람인 Domden을 이른다.

꽃처럼 서서 무슨 말을 하랴

흐드러진 가난을 잊으라 살구꽃이 되어 비 오는 날 젖은 몸으로 누워 밤길을 밝혀 너의 취한 몸을 실족지 않게 하였다

세상을 살며 하늘을 향해 막막한 가슴을 열 때 네 유년의 기억 한편을 허물어 발효된 한 모금 뜨거운 차처럼 네 온몸의 피돌기를 고향을 향해 머리를 두게 하였다

오늘, 살구와 매실이 분간하기 어려운 비 오는 날이면 나는 꽃처럼 서서 무슨 말을 하랴 너에게 무슨 말을 하랴

지금 나지막한 언덕을 오르는 가쁜 숨결을 참으며 울음을 참으며 섬기는 마음이
어디까지 오르랴 이리 비탈진 언덕배기에 서서
꽃처럼 서서 무슨 말을 하랴?

동트는 새벽을 보았네

천륜의 지문이 지워지고 나서 나는 다시 그의 말이 들리기 시작했습니다.

밥 한 그릇 꽃도 없이 이틀도 모자라 새벽에 훌쩍 불길로 몸을 돌리신 후에야 커다란 슬픔의 깃이 홰를 치며 울었습니다

살구꽃향이 어지럽히던 밤에 들어선 낯익은 집 앞 골목길을 정처 없이 헤매다 동트는 새벽에 벌떡 일어나 자리끼 물 한 대접에

저는 내 속에 지른 불길로 걸어 들어가고 있습니다. 흑암이 그곳입니다.

혹꼬리도요2

홰를 치는 소리에 놀라 돌아다 보면 반짝이는 사금파리 같은 기억의 반추, 사무친 그리움에 만리를 날아 더듬는 가을 강밑 저녁 어스름 계절은 공중에 달을 매달고 있었다.

하루종일 비바람이 창을 두드리는데

저녁 바다는 모래톱 새들의 발자국도 거두어들이고 마지막 불사르던 노을도 품어설랑은공중에 무리져 흐르는 새들을 거슬러 오는 물길 위에서 뉘 집 지붕에 던져진 옷처럼 육탈하여 허공을 밟고 대에 오르네

저자 산문 · 시인의 말

저자 산문

헛헛한 나의 삶에 詩가 건네준 기이함

박재홍 시인

시는 나에게 전에 알지 못하던 것을 얻게 하였고, 전에는 이르지 못했던 곳으로 인도하였으며 전에는 듣지 못했던 것들을 듣게 해 주었고 또한 보지 못했던 것들을 보게 한 것은 물론 전에는 알지 못하던 것들을 알게 해주었습니다. 지천명에 이르러 만나게 된「열반경」에서 다섯 가지 경계에 들어가는 것을 배웠고, 경(經)에서는 이를 '다섯 가지 신통' 이라고도 하였듯이 나에게는 시가 그러하였습니다.

비 오는 숲속 소로에는 갈참나무 무리 지어 섰었지 덮고 누운 낙엽 아래, 방공호에 숨어 마려운 똥을 내려놓았는데 굴참나무 무리가 어깨를 흔들어 숨겨 주었지

그 후로 40년이 흘러 거름이 된 시심은 모자 쓴 상수리

와 도토리처럼 깊은 그늘 속으로 숨었지 반추한 기억 속
손에 신발을 끼고 기어 다니는

친구도 없는 열네 살 장애인 박재홍

—갈참나무 숲에 깃든 열네 살 (전문)

불가(佛家)에서는 탐진치가 사람에게 주어진 고통의 원인으로 보았습니다. 그것은 생로병사 (生老病死)하고는 다른 개념으로 그 원인에 육체적 고통은 포함되어 있지 않다는 뜻이기도 합니다. 나에게 장애(障礙)는 끊임없는 물음이었고, 탐진치를 없애도 늙고, 병들고, 죽는 육체적 고통에 대한 업장을 피할 수가 없었기 때문이었습니다.

여기서 "갈참나무 숲에 깃든 열네 살 "은 생후 6개월부터 열네 살까지의 유년이 잠겨 있습니다. 그것은 "직립 보행"을 꿈꾸는 유년이 깃들어 있는 것입니다.

불혹을 지나 지천명에 이르러 비로소 육체적 장애를 인정하고 가족과의 화해를 할 수 있었습니다. 어쩌면 그것은 시간의 치유적 기능 덕분이었습니다. 누구나가 그 시절이 있고, 살아온 날 수 만큼의 은근함이 깃들어 있는데 그것은 능친다고 하는데 이미 삶에 내려놓은 것들이 많아 조금 여

유가 있는 것이지요.

> 무디어진 꿈들이 별이 되어 숨은 갈참나무숲을 향하여 가던 길에 아직 여린 별 부스러기 같은 이슬을 만났습니다. 노동에 지친 어머니 얼굴처럼 쪼그라지거나, 말 없는 아버지 얼굴처럼 부풀려지거나 할아버지 할머니 풍장 치르고 거둔 뼈처럼 하얗게 탈색된 영혼 한 줌이 쓸쓸하게 도드라진 이파리 사이, 죽어 별이 된 영혼들은 갈참나무숲 그늘 속으로 몸을 숨겼습니다
>
> —별(전문)

그 시절의 가난은 뜬금없는 유전이었습니다. 국가는 국민을 섬기는 것이 아닌 폭력적이었고, 가부장적 사회의 폭력은 어둠처럼 슬며시 깃들어 폭력적 그늘을 만들었습니다. 여기서 장애인을 수용적 사고로 '사회적 합의'를 이루었던 국가적 사육이 팽배했던 삼엄한 시절이 있었고, 어머니와 아버지로부터 시작된 천륜은 장애인 살아갈 아들의 업장이 되어 구르기 시작하여 작금에 이르게 되었습니다.

> ... 가뭄이 깊으면 열매가 많고 비가 많이 오면 풍년이 드

니 상생과 조화로운 자연의
  德이지요.

—이야기가 있는 갈참나무(부분)

'스님,기침하셨습니까?' 하자, '기침은 무슨 잠이 깬 게지' 하며 휘돌던 바람이 멈칫거릴 때 늙은 벚꽃 할아버지 등에서는 비늘이 우수수 떨어지자 설핏설핏 황홀한 우주가 보입디다.

'거기 좀 긁어 주소'하고 허리춤에서부터 올라가는 하루의 빛이 제 그림자에 놀라 이른 낮달을 토하는데 지 설움에 겨운 봄 강 밑에는 물고기 두엇 허공에 몸을 튕기며 다시 자맥질

떠난 이들보다 마중할 이들을 기다리는 처처에 봄이 스멀거리고, 적막한 살아온 날 수 만큼의 기억이 희미해져 갈 때 인생은 비 내리기 전 천둥 친다는데도 데면데면 그러고 산답디다

—직지사 마당의 돌부처(전문)

나에게 있어 어머니는 일자무식에 가난에 찌들어 허기진 삶을 잇는 분이 아니었습니다. 어머니의 보살심은 비논리

적이나 때로는 구구절절 논리적이면서 애틋한 마음이 전하는 당부 같았습니다. 세상으로부터 편견과 왜곡 장애를 가진 아들의 슬픔을 껴안고 나를 타이르시는 가운데 '적막한 살아온 날 수 만큼의 기억이 희미해져 갈 때 인생은 비 내리기 전 천둥 친다는데도 데면데면 그러고' 살기까지 어머니가 토로하듯이 들려준 이야기가 있었습니다.

"내가 태어난 날은 증조부의 기일이었습니다. 아버지는 어머니의 머리맡을 지키다 말고 문을 박차고 나가기 전에 '엎어놓으소'하고 나가셨고, 하염없이 울던 어머니는 까무룩 잠이 들었습니다. 문득 산실 문을 여는 소리에 고개를 돌려보니 웬 노인이 들어와 아이를 들여다보자 놀란 마음에 나가라는 어머니를 향해 말없이 머리맡에 앉아 '아이를 잘 키우라'는 말을 남기고 나가는데 밖에는 까만 옷을 입은 여인이 기다렸다 따라가는 모습을 보고서야 잠에서 깨어났답니다.

술추렴을 하다 새벽에 귀가한 아버지에게 놀란 마음을 추스르기도 전에 자세하게 꿈 이야기를 해드렸더니, 아버지는 대뜸 증조부의 모습이라며 취한 정신을 추스르며 미안해하더랍니다.

태어나 생후 8개월에 소아마비로 중증 장애인이 된 나는 열네 살까지 네발로 기어다녔습니다. 그때부터 아버지와는 성격이 맞지 않았고, 가족 간의 불화의 원인이 되었습니다.

하루는 어머니 무릎에 누워 되물었습니다."나 살게 해준 증조할아버지 따라온 여자분은 누구야?" "니 아베 말로는 증조할아버지가 할아버지와 함께 고흥에 처음 정착할 때 기거하던 부자집 딸이었나 보더라" 증조할아버지는 부잣집 사랑채에 기거하며 글도 써주고 그림도 그려주고 마을 현판도 쓰고 하신 선비였다고 했습니다. "그런데" "그런데 그 집 딸이 결혼하자마자 소박을 맞아 집에 돌아와 살았나 본데 너희 증조할아버지를 사랑했던 모양이여" "그래서" "너희 증조할아버지에게 그 아버지가 중신을 놓았나 본디 대쪽같은 너희 할아부지는 자신의 현실을 살펴 거절하고 친구가 주지로 있는 팔영산 속 절로 들어갔던 모양이여" "근데" "아 글씨 그로부터 두어 달 뒤에 그 여인이 죽었는가 보더라" "자살?" "응"...

사랑은 극단적이고 이기적이며 목숨을 나누는 것이라는 것에 대해 처음 알게 되었습니다. 바닷가에서 보던 아름다운 소라게가 슬퍼 보였습니다. 나를 닮았다고 생각했습니다. 생후 6개월부터 소라게처럼 짊어진 장애와 가난한 부모와 형제와 함께 지금껏 살아왔습니다.

나는 시(詩)를 쓰면서 사랑하는 것들은 언젠가는 헤어져야 하고 나의 장애는 불편했기 때문에 세상을 바르게 볼 수 있는 근력이 되었습니다.

> 출근길에 추적이는 빗길, 부슬거리며 부서지는 것이 어머니 배웅하던 날 같아서 온종일 마음을 삽(澁) 하지 않고자 노력했었네.
>
> —끄물끄물한 하늘 (부분)

> 누구의 허물인지는 몰라도 나무 아래 형체는 매미인데 육신은 온 데 없고 간데없으니 업장이 깊다는 것은 알겠다
>
> 풀섶에 우는 것들은 다 이유가 있듯이 살아서 노동으로 오늘을 견디는 자들에게는 속으로만 돌돌돌 거리며 흐르는 물여울 소리로 우는 것임을 알겠고,
>
> 스스로 되묻고 인정하는 사이에 무리 지어 숲을 이루고

숨처럼 붙어 있는 살가움이 숲 그늘처럼 흔들리고 그제야
귀한 것이 이웃임을 알게 되었다

—매미의 허물 (전문)

왜곡된 사회적 현실 속에서 "끄물끄물한 하늘"을 보며 존재하는 모두가 쓰러져 갈 수밖에 없고 그런 헛헛함 속에서 방일하지 않고 정진하는 것이야말로 시인의 숙명이라는 것을 "스스로 되묻고 인정하는 사이"에 나는 "무리 지어 숲을 이루고 숨처럼 붙어 있는 살가움이 숲 그늘처럼 흔들리고 그제야 귀한 것이" 바로 "이웃"임을 알게 되었다고 작품을 통해서 고백할 수 있었다. 그것은 거창하게 시대정신을 거명하기보다는 지금껏 작품을 하면서 나에게 있어 시(詩)는 언제나 지친 현실과 부조리한 세상을 지나 모든 이웃에 가까이 갈 수 있게 하는 상생과 조화의 기능의 기이함이 있었습니다.

봄날 문턱을 넘는 햇살 같은 웃음이다. 사실 시절이 춘궁기를 지나야 그 웃음이 비로소 만나는 것을 한여름 불볕더위를 지나 가을 초입에서 행불무득을 만났다

이치가 행함이 없는 것은 얻는 것이 없고 하늘은 스스로

노력해야 가호가 임하듯이 노동으로 그득하게 쌓인 그의 발등에 저녁 어스름이 행불무득의 근기가 임하기를 바라는 마음이 간절하다.

—행불무득(전문)

이와 같은 행불무득의 노력은 법(法)과 방작(倣作)*의 시간이 묵어 개성적인 서경과 서정을 담은 사의화(寫意畵)가 이루어졌고, 그로 인하여 나의 경험이 스스로의 작품에 개성의 발현으로 외연을 확장하는 날줄이 되었다. 그리고 남도의 독특한 색채와 풍광, 사계절과 선천적 기운생동 (先天的 氣韻生動)이 조화를 이루어 씨줄 역할을 하였습니다.

행불무득(行不無得)은 나의 시에 있어서 지행합일을 요구하는 다짐이요, 요행을 쫓지 않고 학연-지연을 부정하며 순간순간의 화두를 통해 얻어지는 자득(自得)에 가깝다. "죽음을 기다리며 나는 탄생의 신비를 배웠네"라고 고백하던 이어령 선생의 인터뷰와 추구하는 것이 일맥상통하는 부분이 있을 것입니다.

* 유협의 풍격론 중 재성의 형성 요인 중 하나이다.

한 바가지 끼얹는 비속에 가끔 묻소? 어디까지 견뎌야 하냐고, 길섶에 떨어진 한숨을 다시 줍는데 계룡산 능선을 타는 노을이 새 깃에 걸려 넘어질 듯 휘청거리면

얼비치는 금강에 물길을 거슬러 오르는 우어의 눈이 되어 까무룩 저녁 어스름으로 숨는 하루는 새벽이면 목어(木魚)가 되어 산에서 내려오겠지?

—우어(偶語)가 되어 (전문)

이와 같은 작품에서는 때(時)에 맞는 내 삶의 생생한 모습이 전달되지 않을 때가 있다. 그럴 때는 "우어(偶語)가 되어" 스스로를 의지하고 세상 속에서 깨어있고자 하는 타인을 의지하지 않고 정진하는 모습이 보이기도 하고 그로부터 인간적인 모습과 함께 조금은 쓸쓸하게 마음의 깃이 드러났습니다.

차 출발하기 전 '흩깃' 마중했을 것이다. 연극 『고려 극장 홍영감』을 보고 나오는데 요즘 틈만 나면 듣는 노래소리도 잊고 화두(話頭)처럼 봄 상투를 잡고, 한식에 산소도 찾지 못하는 마음만이 허공에 머물러 있었던 모양이다.

처마에 깃드는 것은 마음이 먼저지 새가 아니다. 아직 이른 해 질 녘에 먹먹한 가슴을 바람이 쓸어내린다.

—흘깃(전문)

나에게 천륜은 일상을 지배하고 그것은 신의 음성을 듣는 산 자와 죽은 자들의 교차점이라고 할 수 있다. 여기서 시(詩)의 깊이는 인륜과 천륜을 잇는 화론(畫論)이 되거나 시론(詩論)으로 분리되고 융합될 수 있었다. 시정화의(詩情畫意)가 바로 '그것' 이다.

사라쌍수 나무에 기대어 고향을 향해 길을 잡던 싯다르타처럼 나 또한 본향을 향해 우는 스스로를 발견하였습니다. 그날은 발치 끝에 지친 해가 그림자가 되어 흔들리고 있었고, 긴 비에 젖을 어머니의 묘비에 묵은 허물이 벗겨질 것이 걱정되어 목발이 흔들리도록 힘을 주어 잡았습니다

고향은 천둥처럼 울고 내리치는 번갯불에 나무가 타들어 가며 쓰러질 무렵이면 경계에선 오늘은 입술을 깨물고 처연하게 나를 바라보고 있을 것입니다

포구에서 몸을 드리운 산이 되어서 밤새 비를 맞으며 서

서 견디는 하루.

—장도 앞 포구(전문)

"장도 앞 포구"에서 가난한 삶에 허덕이다 세상을 등지고 떠난 부모님의 모습이 삼엄하게 지쳐들었습니다. 그 후로 허기진 민중의 삶에서 눈을 떼지 못하고 있는 것도 사실입니다. 그때부터 시장을 돌아다녔습니다. 전장을 돌아다니던 두보는 독서와 유람을 통해 견문을 넓혔고, 귀족들의 사치와 당시의 민중들의 궁핍한 삶에 대하여 절감하는 작품을 썼고, 나는 장애를 겪고 가난을 누대에 걸쳐 유전되어진 천형처럼 부정할 수 없는 것은 생태적 환경에 볼모가 되었기 때문이었습니다. 여기서 풀꽃처럼 자라는 서투른 서민들의 삶이 작가의 몫이 되어 작품으로 태어나면 시대정신이 될 수 있다는 깨달음도 있었습니다.

풋고추 두엇, 멸치젓 꺼내 채를 썰어 얹고 돌아서니 전작을 한 당신의 얼굴에 남도의 노을이 드리웠고요. 꿈처럼 지나간 시절이 덧없어 빨랫줄에 앉은 잠자리처럼 쿨렁거리는데. 또, 한잔 묵묵히 받는 술이 강물의 결이 되어 내게로 오는데 마을 어귀에 비 뿌리는 소리가 여기까지 들리는 것을 보면 귀밝이술이었나 봅니다.

—권주(전문)

인생에 선물처럼 다가와 장애와 가난을 견디는 굵은 정신 줄 하나를 잡았습니다. 시(詩)의 시(時)는 시대의 소산물이었습니다. 가장 인간적인 정서를 들어내는 유장한 강줄기 같은 '선율 같은 것이다'라고 믿었습니다. 짧은 서사 속에 운율이 있고, 정감이 넘치는 남도적 정서가 강하게 체항(滯鄕)처럼 머물렀습니다.

고향을 떠나 타향에서 고향을 그리는 것은 늘 새롭습니다. "권주"는 잠결에도 그리운 마음이 고향에 이르는 깊은 사랑이 엿보이는 마음이 있습니다. 글을 쓰는 데는 마음을 얻는 것과 같습니다. 문학적 형식미라는 절차탁마(切磋琢磨) 속에서 넘나드는 자유로움이 격(格)이 될 수 있다는 것을 알게 되었습니다.

나는 어머니가 쥐고 있는 발우 같았습니다

길지도 적지도 않은 탁발과 보살심은 벗겨진 옻칠처럼
가뭇한 기억 가신 이후로 아귀처럼 부풀어 오르는 허기가
바람인 것을 알게 되었습니다

비는 오는데 비 오는 전동리 대숲에서 그늘 속에 죽순처럼 자라는데 갈 길이 먼 우리네 인생길도 저무는데 나는 그 어디서 기다려야 하는가

탁발을 멈추고 녹슨 황혼이 벗겨진 바루 속으로 숨어 가는구나

—탁발(전문)

성속일여(成俗一如)라는 말이 있습니다. 천륜이나 인륜은 시대마다 다르고 부단히 변화하므로 시대적 조류에 순응하기 위해서는 작가의 담대함과 창조적 개성이 절실한 것도 사실입니다. 요즘 세태처럼 새로운 것과 기묘(奇妙)함만을 쫓는 패거리 문학은 답습하지 말아야 한다는 생각이 절실합니다. '탁발'은 낙안읍성과 고읍의 벌판에 살던 녹슨 황혼이 가르쳐준 속삭임 같았습니다.

꿈결에 더듬던 엄니 얼굴은 보성 덤벙이 달항아리에 비 떨어져 틔운 물꽃 같다 미나리를 다듬다 엉겨 붙은 거머리 같은 생을 떼어내고 저 중천을 넘어 긴 길을 걸어 머문 곳이 천국이라는데

마을을 떠난 나는 행려의 길을 걷는 홀씨처럼 공중에 몸을 부리며 흐르다 멎을 송광사 마당에 거하는 백일홍 앞에

서면 어떨까?

—백일홍 일수 (전문)

나의 시는 시공간 동선이 자유롭습니다. 상상력에 의해 사물이 생동적으로 모습을 드러냅니다. 지기(志氣)가 막히지 않고 신사(神思)가 마음으로 숨지 않으니 당연하게 외물은 소재가 되어 감응을 불러일으키며 또 언어를 통해 표출되었습니다. '백일홍 일수'는 시인이라는 행려의 길을 멈출 때는 송광사 대웅전 앞에 이르러 백일홍이 되어 서서 살고 싶은 게 사실입니다.

『갈참나무 숲에 깃든 열네 살』을 통해서 누구에게도 드러내지 못했던 장애를 뮤지컬의 한 대목처럼 환상적인 모습을 통해 신비함으로 신산한 삶을 숨겨주었습니다. 그리고 시 농사를 지으며 탐진치(貪瞋痴) 3독을 극복하였습니다. 그로 인하여 사상과 감정을 통해 정신을 통제하였고, 비로소 외적 사물은 외연을 확장하는데 힘을 발휘하여 진실이 남김없이 모습을 드러내었습니다.

결국 유협이 '문심조룡'에서 이르는 말을 되새김질하며 스스로 기뻐했습니다. "흥(興)은 구사 과정 중의 연상 활동으로, 전달하려는 내용을 명백히 밝히지 않습니다. 또, 그것을 유발시키는 일종의 은유법이라고 할 수 있습니다. 또 비(比)라고 하여 사물을 세밀하게 새기는 직유법이라고 할 수 있습니다"라고 하였습니다.

다시 말하면 흥은 "일으킨다"는 것이고 비는 사물을 "덧붙인다"는 뜻으로 가족, 모성애, 고향은 감정을 일으키기 때문에 흥이 생기고, 탐진치를 통해 고통의 원인을 살펴 생로병사에 대해 순응함으로써 이치에 가깝게 하였기에 금번 작품집 속에서 비유로 태어났습니다.

금번 『갈참나무 숲에 깃든 열네 살』 작품집에는 지음이 있습니다. 이 지음에는 과장도 없고, 수식하되 삿되지 않았고, 절제도 있어 정리(情理)에 어긋나지 않으려고 노력했습니다. 또, 가장 낮은 곳의 민중을 향한 시선을 놓치지 않고 있어 급변하는 시대적 정세에 오염되지 않고자 하였습니다. 오로지 그 성패는 시대적 정신과 함께 할 수밖에 없는 것으로 이것은 속으로만 참던 기이함에서 비롯되었습니다.

시인의 말

꽃진 자리에 우두커니 앉은 새 같습니다. 자리를 털고 일어서려고 해도 일어설 수 없는데 언젠가 토방을 내려서 길을 나서는 중에 엄니와 나누었던 말이 생각납니다.

'엄니 나는 갈라요'
'왜 벌써 가려고 그러냐'
'일이 하염없어 그래요'

앞산에 물끄러미 눈길을 주는데 귓전에 울리는 소리가 있었습니다.

'서운해도 미워하지 말고 미워해도 노여움을 내려놓아라'
'뭔 말이어요'
'아니다 니 아베도 나도 그렇게 된 너도 뭔 죄가 있겄냐 가난이 죄지'
'세상은 쥐고 놓지 않는 놈들의 세상이라 약하고 힘없는

것이 죄가 되는 것이다'

'니가 쓰는 시라는 것이 뭔지는 몰라도 나는 세상을 쥐고 놓지 않는 놈들을 이기는 것이 시라는 게 요상하다'

'아따, 시는 알면 환장하는 것이고, 모르면 면장(面墻) 하는 것이라니까요 잘 있으시요잉'

두 분을 삼 년 터울로 배웅하며 49재 동안을 매일 글만 썼던 기억이 새롭습니다. 온몸의 근육이 빠져나가고 몸에 물기란 물기는 다 빠져나가고 몸이 허물어지고 있다는 것을 자각하면서도 멈출 수 없던 시간이 있었습니다. 소라게처럼 짊어진 장애와 가난을 가진 아들이 할 수 있는 것이 아무것도 없던 초상을 치르고

'엄니, 걱정 마시오 내가 장애로 굽어진 몸을 가지고 살면서 시(詩)로 인하여 세상을 바로 펴서 보게 됐으니 괜찮아요'란 말을 전하지 못했던 것이 아직도 아쉬움으로 남아 있습니다.

『갈참나무 숲에 깃든 열네 살』은 장애인 박재홍을 위한 반추의 시간이자 유년의 들숨과 날숨이 되었던 시의 기능

성 그리고 왜곡된 세상에 상처받고 있는 장애인과 소외된 이웃들을 위로하는 화해의 시라고 할 수 있겠습니다.

마지막으로 시종일관 함께 해준 두심헌(斗心軒) 박지영 문학마당 편집장님의 우정에 깊은 감사를 드립니다.

2020년 12월 박재홍 拜

실천문학시인선 44

갈참나무 숲에 깃든 열네 살

2021년 1월 1일 1판 1쇄 인쇄
2021년 1월 1일 1판 1쇄 펴냄

지은이 박재홍
펴낸이 윤한룡
편집 신한선
디자인 윤려하
관리·영업 이소연

펴낸곳 (주)실천문학
등록 10-1221호(1995.10.26)
주소 남양주시 퇴계원읍 퇴계원로 52 405호
전화 02-322-2161~3
팩스 02-322-2166
홈페이지 www.silcheon.com

ISBN 978-89-392-3064-4 03810